KB053865

몇 걸음의
고요

몇 걸음의
고요

이미경 시집

삶창

뒷문 옆에 앉은 내 자리는 명당
뒷문을 열어놓는다 바람이 들어와 나를 깨운다
그 바람에 벚꽃이 호로록호로록 떨어지고
그 바람에 산 찔레꽃 향기가 들어오고
나무들 살이 오르고 키 큰 후박나무 꽃이 보이고
판서하다 돌아서는 선생님과 눈만 마주치지 않는다면
호박벌 들어왔다 나갈 때 검은 궁둥이에 붙어
잠시 나가 놀다 들어올 수도 있다
—「자리 바꾼 날」 중에서

　18년 만에 만드는 두 번째 詩集이다. 자리를 바꾸려 한다. 호박벌 궁둥이에 올라탔다. 어디로 갈까? 무탈하게 여기까지 온 일, 두루두루 감사한 일이다. 어디든 명당이 될 수 있을 것이다. 그대들과 함께할 것이므로.

2019년 1월

차례

제1부 저 벚꽃잎처럼 훌쩍

제2부 술래 없다

제3부 모두 꿈이어라

제4부 바람의 언덕, 바람의 말

제 1 부 / 저 벚꽃잎처럼 훌쩍

어머니

풀숲에 버려진
깨진 항아리
여름내 장구벌레
바글대더니

쪽빛 하늘
구름 한 조각
단풍잎
은행잎 몇 개
들어앉은
가을

봄비

비가 오네요 어머니

일으켜 세운 침대에서
창밖을 내다보며
당신이 묻습니다

얼마나 오니
벚꽃 지지 않을 만큼 와요

네 아버지 무덤에
잔디 싹이 돋겠구나

어머니의 밭은 독백이
새순처럼 간지럽게
젖어오는
아침

먹물점

마당엔 앵두꽃이 흐드러지게 피었는데 엊그제 튀겨놓은, 아직도 뉴슈가 달달한 냄새가 묻어 나오는 보리튀밥이 봄바람에 못 이겨 아구리 둘둘 말은 종이봉지에서 튀어 올라 달라붙은 듯 앵두꽃이 깔깔대며 가지마다 가득 번진 사월

시나브로 그것들 감나무로 올라붙어 저 높이 나뭇가지에 뽀얀 것 임월출 씨 둘째 딸 젖꼭지만 하게 시작했는데 동무들 모여 삼삼오오 산나물 캐다 계곡물에 여름 땀 식히고 나온 다음 날 아침이면 어김없이 감나무 아래 둥그런 꽃테가 이루어져 있었으니

그 감꽃 테를 새벽이 가기 전에는 누구도 밟을 수 없었으니 두 갈래 머리 땋은 소녀들 늦여름 햇살에 얼굴이 붉어져 그 김에 봉숭아꽃도 피고 꽃물은 번져 처녀들 앞가슴 밝히고 초경처럼 붉게 손톱 밑에 들어가 박히면 어느덧 가을

짧은 햇볕 아까워 등에 지고 오는 그해 늦가을, 시래기는

그늘진 담벼락으로 볏섬은 쪽방으로 감꽃 냄새나는 홍시는 시렁에 얹히고 둘째 딸 방엔 커다란 콩나물시루 두어 개 검은 천을 뒤집어쓴 비릿한 몸들 서로 부비며 사부작거릴 때 바가지로 물을 끼얹어 쪼록쪼록 물 지는 소리 끝에 이르면 눈도 내리곤 했는데 살쾡이가 닭 모가지 물고 도망가다 임월출 씨 작대기질에 놓친 그 겨울밤

숟가락 하나 덜자고 남의집살이 보낸 이웃집 갓난이가 집에 댕기러 온 날 큼큼한 묵은 고구마 냄새나는 방에 모여 그녀들은 청춘을 찍었는데 흐린 등잔불 밝히고 굵은 무명실 먹물에 풀어 맥박 뛰는 손목 언저리 바늘로 딱, 한 땀씩을 떴는데 임월출 씨 둘째 딸이랑 착한 갓난이가 시집갈 나이가 되어 여태껏 짝한 동무 마음 잊지 말자고 먹물점을 찍었는데 여든이 넘은 우리 어머니 손목엔 지금도 검푸른 청춘이 박혀 있는데 열여덟 청춘의 꽃테가 지던 겨울이었는데

능소화

뻗쳐오르던 내 보람 서운케 무너졌느니*

주야장천 내리는 장맛비
까닭 없이 두들겨 맞아
떨어져 통곡하는
여름꽃

팔십여 년
피고 지고 피고 져
빈 몸만 남은 어머니,
이제 피는 일 없이
봄에도 지는,
진 꽃처럼 누워 말라가기를
서른 해 즈음
깊게 파인 우물
그녀 선한 눈 속으로
하염없이 내리는 비

지고 말면 그뿐,*

* 김영랑의 「모란이 피기까지는」 중에서

말년 운세

풍風 환자는 초저녁 잠이 없고
아침잠이 천근이라더니
잠이 안 온다며 바닥이 따숩다고
침대 옆 바닥에 그녀가 눕는다
멀건이 이쪽 벽에서 저쪽 벽으로
뒤척이다 나를 훔쳐보기라도 하는 모양

베개를 괴고 책을 보다
쉼표에서 종종 그녀를 훔쳐본다
가끔 마주친다

반백의 그녀가 시린 형광등 아래
초년 운세를 펼쳐놓고 속눈썹조차 고요하거나

낡은 장판지의 지워진 무늬 따라
근근한 중년 운세를 쓱쓱 지우거나

천장에서 내려오다 멈춘 거미줄에
아슬아슬한 생을 묶는 중이거나

달아나는 거미처럼
무를 수도 없는 한판승
이미 무너진 반신半身을
집 삼아
끝판을 두는 중일 게다

백 투 더 퓨처

아침마다 첫 문장이 새롭다

한 삼십 년 뒤로 가신 날에는
연탄 갈았는데 불이 잘 붙었나 봐라
밥해놓았으니 동생 불러서 먹고 학교 가라
어제 빨래한 것이 덜 말라서 어쩐다니

그러더니 요즘은 육십 년은 더 뒤로 가셨다
(영화 속 마티는 30년 전으로 갔는데)
어머니의 타임머신은 성능이 더 좋은 것일까
언제나 오래전 돌아가신 외할머니 말씀뿐이다

집에 가야 한다 어머니 밥 차려드려야 한다
집에 가야 한다 어머니 밥 차려드려야 한다

보름달에 빈 소원이 무엇이오?
귀머거리 영화 언니 어머니 말 잘 들으라고 빌었지

잔병치레로 낯빛 푸른 종화와
뒷방에 숨은 귀먹은 영화 언니와
목소리 우렁우렁한 어머니와 만나는
저 세상은 꿈속

아침잠을 깨고도 먼 곳에 그 마음 두고 와서는
한낮에나 맑은 정신으로 돌아오시는
어머니

꽃게탕

시나브로 삼십 년을
몸 비워가는 늙은 암꽃게
요즘 들어 부쩍
무릎이 가슴께가 손가락이 아프단다
손가락은 펴지질 않고
무릎은 구부려지질 않고

떡대 좋은 가을 꽃게
구석구석 칫솔로 씻는다
이제 더 이상 물결 가를 일 없는
부챗살 넓적 발을 잘라내고
된장과 고춧가루에 나박나박 썬 무를 넣고
심심하게 꽃게탕을 끓인다
평생 고기를 먹어본 적 없는 어머니
그나마 먹을 줄 아는 남의 살, 꽃게 살
가장 화려한 명절 음식

접었다 폈다 자식들 품었던
빗장뼈 속으로 들어가 살을 발라낸다
바닷물에 절은 손발 들어내 살을 발라낸다
뼈마디마다 붙어 너덜거리는 연골
거침없이 뜯어낸다
그리고 사금파리 무덤처럼 남은 육신

두껍아 두껍아
헌 집 줄게 새 집 다오
밥상에 올리는 꽃게탕 한 그릇

초승달

나뭇가지에 걸린
가락지 닮은 초승달

멀리 시집간 딸아이의 선물
석 돈짜리 쌍으로 된 금가락지

동네 산책길에 만난
생판 모르는 어떤 놈이
남이 보면 빼간다고
제 손으로 척척 빼서
조그만 성냥갑에 넣어서
꼭꼭 쥐어주고 갔다는데요

집에 와서 꺼내 보니
휴지에 싼 10원짜리 동전 네 개
그 뒤 에미는 가슴에
초승달을 품었다는데요

그래서 들여다보면

시리게 환한데요

버즘꽃

애야, 애야

뒤꿈치 든 바람 맨발로 문지방을 넘을 때
빼꼼 열린 뒤란 문틈,
얼핏 스치던 눈발을 본 것일까
샛별 어깨 한번 흔들며 사라지는 아침
처마 끝 고드름에 비친 여명을 본 것일까

한밤중 부르는 소리 있어 안방으로 들어간다
빗 좀 줘
머리 빗고 학교에 갈 준비해야지
아 꿈을 끌고 꿈 밖에 나오셨네
아직 어두워요 두어 시간 더 있다 가요
애들보다 늦게 가면 지각인데,
밖에 눈이 오니?
네, 눈이 와요 조금 더 주무서요

어디쯤 가고 있나

걸음을 놓아버린 삼십여 년 동안

밤마다 둥당거리는 어머니의 수작질

말린 가지나물처럼 수척해진 얼굴 위에

철없이 버즘꽃이 핀다

사뿐사뿐 눈도 내린다

못된 희망

—잠자기는, 집에 가야지

기저귀를 갈아드리고
이제 주무시라는 말에 느닷없는 딴소리

나는 금방 알아차리고 또 말장난이다
지금 밖이 깜깜한데 내일 아침에 가요
—깜깜하다고 못 가나 쭈욱 걸어가면 될 걸
어떻게 가시게?
—신작로로 걸어서 가지
여기는 서울인데 당진까지 걸어서 가요?
—그럼 두 발로 걸어가면 금방이지
가서 누구 만나시게?
—어머니 만나지
뭐라 하시게?
—어딨다 이제 오니 하시면
여기서 놀다 왔어요 하지

꿈속에 소환된 외할머니는 오늘도
당진 분박기 늙은 감나무 밑 평상에
살쾡이 쫓던 작대기 기대어놓고
빡빡 담배를 태우시며 이십 년도 넘게 앓고 있는
딸년을 기다리고 계신가 보다
제발 덕분에 잠자듯 그렇게
어린 딸년을 데려가시면 어떻겠냐는
못된 희망을 품어본다

실타래

내린 눈은, 내리는 눈들의 발길에 차여 요리조리 앉은뱅이
춤을 춘다

눈을 뜨자 어머니는 뜨개질하던 조끼 어디 갔나 찾으신
다. 분홍 실로 마흔 넘은 막둥이 조끼를 뜨고 계셨단다 당
신의 힘으로 돌아눕지도 일어서지도 못하는 어머니가 밤새
내리는 눈발과 마주 앉아 뜨개질을 하셨던 것이리라 아직
도 꿈속에선 시장도 가고 바느질도 하고 그렇게 가끔은 오
래전 놓아버린 세간을 쓰다듬는 것이리라

머리맡 자리끼에 살얼음 끼고 걸레가 얼어가는 밤, 늦도
록 부산한 쥐 새끼들 천장에서 동동거리며 놀다 잠들 때 눈
처럼 살결 고운 허벅지 위에 실 두 쪽 마주 내놓고 손바닥으
로 비벼 이어, 소쿠리에 밤사이 눈처럼 소복이 쌓이던 실타
래 그 실타래 한 끝 문설주에 묶고 한 끝을 잡고 잃어버린 시
장도 찾아가고 물도 긷고 밭일도 하다 돌아오는 것이리라

실 가닥가닥 당신 손등으로 눈가로 실핏줄로 숨어버린
듯 시방 유리처럼 들여다뵈는 겨울 숲을 닮아버린 어머니가
자꾸 밤이면 길을 나섰다 돌아와 아침이면 혼곤히 쉬고 계
신 것이리라

금낭화

깊어진 봄
느티나무 그늘 아래
부끄럽게 숨어 자라는 그것
오르내리며 챙겨 보는 산책 길

소리개 하늘 높이 빙빙 돌듯
새댁 시절부터 현기증 나던 살림살이
뙤약볕 남의 밭에 엎디어
그 세월을 다 보내고도
다섯 자식들 매달고 활처럼 휘어지는,
어머니를 닮은

이리저리 뒤집어 기저귀를 갈아드리며
훔쳐본 어머니 새치름한 엉덩이가
금낭화 어깻죽지를 꼭 닮았습니다 그려

나의 무덤

너 어디 갔었느냐 혼내기라도 하려는 듯,
다른 이의 손에 맡기고 보름 만에 돌아온 나에게
밤낮의 시차 적응도 안 된 몸살마저 얻어 돌아온 나에게
어머니 첫 선물이 누운 자리에서 시작한 응가였다
펴다 만 컴퍼스 같은 그녀를 들어 올려 휠체어에
다시 변기에 옮겨 앉혀놓고 따끈한 물을 대야에 담아
육포처럼 말라 한 손에 들어오는 발을 담근다

내가 나온, 내가 돌아갈 무덤인 어머니 몸 씻기
몇 개 안 남은 이 사이에서 자꾸 칫솔이 헛돈다
십여 년간 하나둘 빠졌을 터인데
한 번도 빠진 이를 못 봤다
온도를 맞춰 물을 끼얹고
비누 거품을 내 온몸을 문질러둔다
잠시 주저앉아 그녀의 몸피가 불기를 기다리는 동안
남은 응가가 잘 나오는지 들여다보고
뱃살을 꾹꾹 눌러 장운동을 돕는다

아프다고 온몸을 파르르 떤다
힘주세요 자, 하나 둘 셋!
괄약근이 약한 그녀가 잠시 몸을 움찔한다

눈을 감으시라 하고 반백의 머리를 감는다
죽은 흔적을 밀어내기 시작한다
내 몸을 닦을 때의 순서로 한다
손가락부터 하지만 쉽지 않다
살짝 벌어진 홍합 껍데기처럼 구부러진 손에
내 손가락을 넣고 닦아낸다 아프다고 몸서리다
이마와 콧등 볼과 귀 뒤, 턱까지 남김없이 닦아낸다
뱃살을 닦을 때쯤 '난 먹고 때만 생기나 봐'
미안한 듯 때마다 하던 말을 그녀가 또 한다
가지런한 척추의 계단 사이사이를 닦는다
허벅지를 밀고 정강이를 밀고 발꿈치 닦고
발가락 열 개 사이사이 닦아낸다
발이 굳어 내 맘대로 움직여주질 않아 용을 쓴다

맑은 물로 깨끗이 씻어내고 마지막에 식초 물로 헹구고

물기를 닦고 로션을 바른다

속옷을 입혀 휠체어에 앉혀놓고 머리를 말린다

아직도 검은 머리가 반,

내가 아직도 염색을 하지 않는 좋은 유전자

귀지를 파내고 손톱 발톱을 깎는다

언젠가 한번 피를 보았으므로

그때 늙거나 젊거나 아프거나 피는 모두 빨갛다는

놀라움과 미안함 때문에 근시 안경을 벗고 바짝 들이대

깎는다

무좀으로 들뜬 손발톱을 소독한다

다시 침대에 누운 그녀가 발그레 반짝반짝

내 무덤이 빛난다

가요무대

밤 깊은 마포종점 갈 곳 없는 밤 전차
비에 젖어 너도 섰고 갈 곳 없는 나도 섰다

오랜 가뭄으로
남녘엔 진즉 제한 급수하는데
비는 똑 그녀 마른 눈물만큼만 온다
리모컨도 조작 못 하는 그녀
월요일 밤 제일 좋아하는 가요무대를 본다
잊지 않고 내가 틀어줄 때만 본다
보다 갑자기 온 얼굴 우그리며 운다

내 가슴 도려내는 아픔에 겨워
물항라 저고리가 궂은비에 젖는구나
자주 고름 입에 물고 눈물 흘리며
이별가를 불러주던 못 잊을 사람아
불러봐도 울어봐도 못 오실 어머님을
원통해 불러보고 땅을 치고 통곡해도

다시 못 올 어머니여

비뚤어진 입 더 찌그러지며
구겨진 악보처럼 그녀가 운다
이끼 낀 비석 서너 개 드러내며
그녀가 눈물 없이 운다

* 1연과 3연은, 차례로 「마포종점」 「동백 아가씨」 「찔레꽃」 「불효자는 웁니다」의 노
랫말을 뒤섞어 놨다.

저 벚꽃잎처럼 훌쩍

개나리도 벚꽃도
살구꽃도 싸리꽃도
명자꽃도 목련도

느닷없이 피고
느닷없이 지고
어쩔까 하는 사이

오랜만에 맑은 날
휠체어를 타고
도깨비시장으로
발바닥 공원으로
엄마는 이번에도
마지막 봄맞이 중

눈부신 벚꽃 그늘 아래
은백의 할머니 둘

뒤통수에서 속삭이네

'저것은 산 것이 아니여 쯧쯧
저리 사는 것은 산 목심이 아니여'

저 꽃잎처럼
홀쩍, 목숨 버리지 못할까 봐
그게 두려운 거야
그게 걱정인 게지

서설

밤새 눈 내리는 동안
신통하게도
신음 소리 한 번
내지 않는 어머니

펴지지 않는 손가락과
굽혀지지 않는 무릎관절에
조물조물 눈발이
어르고 지났나
깊숙이 들어온 겨울 햇살 받으며
갈잎처럼 누워
숨소리 바스락바스락
혼곤히 주무시는 그녀

눈물 나는 아침이다

제 2 부 / 술래 없다

봄맞이

6교시 수업 시작하고 삼십 분쯤 지나
국기가 들어왔다
아이들이 일제히 쳐다봤다

뭐하고 이제 와?
수업 시간 째다가 걸렸어요
어디서 뭘 했어?
장미정원에서 자다가 걸렸어요
혼자?
지훈이랑 동현이랑
그럼 진짜 작당하고 쨴 거네
따뜻한 햇살 좀 받았어?
몰라요 졸려서 좀 잔 건데

지난해 교직원들이 쓰던 테니스장을 부수고
잔디와 장미를 심어 만든 장미정원
아직 소금기도 가시지 않은 상고머리 같은 새내기 정원

그래 따사로운 햇살 아래 벤치가 있지

학교 앞 골목에서 담배 피우고 있다는 주민 신고보다

3학년 전용 구역 에코 피시방에 있었다는 말보다

욱하고 내질러 생활지도부 앞에 무릎 꿇고 있었다는 말
보다

천 번 만 번 듣기 좋네

학교 안 장미정원에서 봄날 꿀잠을 잤다는

법당

그곳에서는
사람이 무릎 꿇어 죄를 닦는다
사람이 이마를 내리찧으며
영육 간의 복을 청한다
종일 무릎 공양을 받잡은 후
말개져 반질거리는 것은 마룻바닥임을
돌아서 가는 이 알 리 없으니
세간에서 끌고 들어온 티끌
들을 귀도 전할 말도 없으니
바람이 가끔 마루의 먼지를 쓸어낼 뿐
돌아서 가는 이 그래도 못 미더워
앞선 불자들이 촛불 밝힌
대웅전 층층계단 아래에서 합장
바늘방석에 앉아 제 몸을 사르듯
내 몸에 네 몸을 얹어
네 몸에 내 몸을 겹쳐 빌고도
다 고告하지 못해 남루하게 남아

흔적 아직 따듯한 촛농

초여름

누가 알겠냐마는
오백여 년이나 나이를 잡쉈다는
잘생긴 느티나무를 돈다

넓은 나무 그늘 아래 의자에
한 팔로 이마를 덮고 누워 있던 남자
비틀거리며 일어나 흘깃 여자를 본다
포개놓은 윗다리를 자꾸 흔드는 그 여자
나무 그늘을 벗어나 낮달처럼 서서
낮술에 취해 건들거리는 남자에게
내가 왜 이렇게 살아야 해!
쏟아지는 햇살에 실어 남자의 귓전에 꽂는다
남자는 바지 주머니에 손을 찌르고
여자의 높은 말소리가 한 박자씩 그늘을 흔들고
흔들 때마다 남자도 건들건들
어린 느티나무 잎들도 키득키득

대적광전 지붕 모서리에 앉은 새
수다스러운 딸년처럼 참견할 뿐

한참을 지분거리던 여자
남자의 팔짱을 끼고
부처님 전 인사도 없이 내려가버리고
누가 알겠냐마는, 또 오시게나
풍경 소리 햇살을 밀어낸다

화계사 가을

내 뭐라든

한 자락 바람에
몸 뒤척이며 떨어지는
황금빛 느티나무 잎들

뉘 뭐라든

시퍼런 하늘 우러러
뜨거운 숨 토해내는
산수유 열매

행자 스님 쓸고 지나간 마당
종잘종잘 참새 떼 지나간 마당
빗살 한 바닥
햇살 한 줌
아기 단풍 새 발자국

점심 공양 기다리는

조쌀한 노인의

긴 그림자

춘설

삼월에 내린 폭설
백 년 만이라 하니
마음 급해
화계사에 오르다

삼동三冬 묵언 끝에
노릇노릇 고름 스민
산수유 꽃망울
눈발 머리에 이고
새침하게 떠는데

까짓, 춘설은 꿈이다

쳐다보다 쳐다보다

쫙!
터뜨리고 나도

봄으로 간다

저승꽃

시골에 다녀온 이가
어머니 죽 쑤어드리라고 준
늙은 호박 하나
볕 든 베란다에 자릴 잡았다
새시 공사한다고 신발장으로 옮겨 며칠
사이 겨울비 한번 길게 내리시고
소담스러운 첫눈도 내리시고
다시 베란다로 옮겨졌다
언제 저것 갈라야지
시퍼런 무청 넣고 새우젓에 버무려
푹 지져 먹던 그 새큼한 기억에
늙은 호박만 봐도 군침이 돌지
어머니는 구부정 휠체어에 앉아
자꾸만 기우는 겨울 저녁 햇살 따라
허물어지는 늙은 집채 바라만 볼 뿐
아이고 저것 갈라야 하는데
두런거리며 오가는 사이

자리를 탔는지 추위가 독했는지
한쪽으로 피멍 든 채 주름져 내리고
보란 듯 주섬주섬 저승꽃이 피었다

사월

강원도 미시령에 폭설이 내린다는 사월이다
이미 달아오른 몸살 이겨내느라 이 악문 사월이다
하늘 꽃 땅 사람들 어디에나 비애가 널린 사월이다
고래가 많아졌다는 뉴스가 나온 사월이다
포경업자들 어느새 도로 위를 점거한 사월이다
고래 구경에 나선 자동차에서 고래를 더 잘 보기 위해
유리를 닦는다 쉭— 쉭— 물을 뿜으며
고래 흉내를 내보는 사월이다

어 고래다! 너도 고래? 나도 고래다
아니 다 틀렸다 여기는 고래 배 속이다
고래 배 속도 지금 사월이다 그래서 아프다
어디에나 울긋울긋 연정이 치미는 사월이다
따개비처럼 고래 배 속에 붙어사는 사람들 이때만큼은
끼—우 끼—우 고래 울음을 흉내 내며
접선을 시도해보는 사월이다
그렇게라도 다시 시작해보는 사월이다

산 빗소리

초록초록초록
나뭇잎에 떨어지는 빗소리

등짝을 두드리고 지나는
맨발의 바람

초록초록초록
나뭇잎에서 나뭇잎으로
다시 내 이마에

텅!

점잖게 비 오시는 날,
잠시 눈 감고 있으면
즐거운 소리
초록초록초록

자리 바꾼 날

교탁 앞 종수는 한 달 동안은
귀도 아플 거고 고개는 점점 더 뒤로 넘어가고
가끔 얼굴에 침도 튈 것이다

창가에 앉은 세라와 준이는
가끔씩 넓은 창을 열어놓고
운동장에서 축구하는 애들을 보다 칠판을 보다 구름을
보다
선생님 눈치를 보다 그렇게 짬짬이 즐거울 것이다

복도 쪽 벽에 줄 대어 앉은 아이들은 볼 게 없다
잠을 깨울 그 무엇도 없다 아싸 감옥이다
운동장은 멀리 있고 눈은 졸리고
선생님 목소리는 버퍼링 중이고
시간은 렉 걸렸다

뒷문 옆에 앉은 내 자리는 명당

뒷문을 열어놓는다 바람이 들어와 나를 깨운다
그 바람에 벚꽃이 호로록호로록 떨어지고
그 바람에 산 찔레꽃 향기가 들어오고
나무들 살이 오르고 키 큰 후박나무 꽃이 보이고
판서하다 돌아서는 선생님과 눈만 마주치지 않는다면
호박벌 들어왔다 나갈 때 검은 궁둥이에 붙어
잠시 나가 놀다 들어올 수도 있다

여름

먼
산
뻐꾸기
혼자 운다

탁

떨어지는 푸른 잣송이 하나
그 열매 놓칠세라
나뭇등걸을 미끄러지듯
내려오는 청설모

잣송이 하나 사이에 놓고
그와 내가 접전 중

바람이 잠깐씩
나뭇잎을 흔들며

누구 편에 설까

술래 없다

매일 오가는 정류장 길가 집
초로의 할머니 인도 양쪽으로
스물 하고도 여남은 플라스틱 화분에
계절 내 온갖 꽃들을 키운다

할머니의 작은 창을 타고 오르는 나팔꽃
달맞이꽃 나리꽃 베고니아 삼색제비꽃
접시꽃 봉선화 아프리카봉선화
해바라기 코스모스 그리고
이름 모를 풀들도 담긴

앉기도 불안할 듯 낡은 의자
그 다리에 묶인 작은 개 한 마리
의자 위에서 제 목줄 돌리며 놀다
벌러덩 흰 배를 내보이며 떨어질 때

할머니 물뿌리개 흔들며 집으로 들어가

아무도 본 사람 없다

꽃무릇 지다

그해 내소사 전나무 숲길 지나다
오른쪽으로 돌아 숨은 듯 소박한
금잔디 잘 가꾼 지장암 뜰 작은 못엔
연꽃이 딱 한 송이 피었더랬다

능가산 자락 사하촌에는
자식들 모두 타지로 터를 옮기고
할아버지 이미 하늘나라로 가서
호박고지처럼 살결 맑은 할머니 혼자 사셨는데
마당 귀퉁이 구멍 난 비닐하우스 한 동
분주했던 살림 흔적으로 남은 그 집에서
하룻밤 숙박을 했었지
아들이 쓰던 앉은뱅이책상과 책 몇 권
때 절은 이불과
덜덜거리던 선풍기가 밤새 돌던 한 칸 방
이미 몇 번 제 몸을 태운 돌덩이에 삼겹살을 굽고
곰소산 백합 조개탕으로 함께 저녁을 권했으나

한사코 물리치며 마루에 모기향만 얹으셨지

꽃무릇 찾아 용천사 불갑사 선운사를 돌아
이년 만에 깊어진 가을 내소사를 찾았다
내소사 입구 망경댁은 하늘나라에 계시고
빈집 지붕 노을이 감나무 잎이
꽃무릇 붉은 맹키로 그랬더랬다

다시 동백숲

해지는
오동도 동백섬

암세포 저리 검붉게
깊어지는 줄도 모르고
하루 장사를 끝내고 정박한 배에서
맘씨 좋은 선장을 졸라 얻은
회 한 접시 들고
바닷가를 거닐던 시간

그대 가고 없지만
그 섬에 다시 동백은 피었다
날과 함께 저무네

동백나무 밑을
나 홀로 걷네

아으, 동동다리

텃밭에서 따온
보는 것만도 어여쁜
큼직한 조선호박

선반에서 냉장고로
다시 선반으로 돌다
반찬 만들려 새우젓 내놓고
반으로 갈랐는데

호두 속살 미로처럼
파헤쳐진 호박 속
고물고물 뽀얀 구더기들

난장이라니!

산수유꽃 아이들

아이들이 쓴 시를 모아 엮은
'산수유꽃 아이들'
학교 본관 앞 비탈엔
지금 한겨울 낭창한 해를 받은
산수유 열매가 눈 속에
시리도록 붉다

제법 꼴을 갖춘 감정들
제법 생각이 묻어나는 말들
제법 비밀로 하고 싶었을 이야기들
어른인 내게 날아와 박히는 화살들

국어시간 왜 시만 쓰냐고
앙탈을 부린 아이들도
시집을 받아 들고는 하하 호호
제 것 먼저 들여다보고
산수유 열매처럼 붉은

잇몸을 드러내 웃는다

제 3 부 / 모두 꿈이어라

국화차

서리 내린 날
몸 비워
먼 길 가는
새 떼를 따라가지 못한
깃털 하나

향기는 꽃잎 속에
숨어 마르고
몇 날 며칠 햇볕에
꽁꽁 싸매두었다가

펄펄 끓는 찻물에
비로소 날개 펴는,

이 겨울
적막강산

冬至

밤에는
한 국자 잘 부쳐 낸
밀전병 같은 보름달로
차갑게

아침엔
몇 날을 날짐승에 공양하고
말갛게 속 비운 홍시 속에
해를 낳는

겨울 한복판

사진

몇 개의 꽃다발
김치이~
사진을 찍었다

생일 케이크 위에
너불너불
침묵이 타들어가고

너무 푸르고
너무 붉어 곤혹스러운
포인세티아

복수腹水는 침대 밑으로 흐르고
은빛 실반지 같은
미소 지을 때
애써 건넨 몇 마디 와르르
흰 벽에 부딪혀 쏟아지고

사슴뿔처럼 시드는

그 여자 팔목에 매달려

사진을 찍었다

茶에 취하다

간간이 어디선가
안개인 듯 눈인 듯
내리는 눈발을 맞으며
법주사 금강문에 들어서다

기억 속 청동 미륵대불은
이제와 처연한 금빛으로
아득히 꿈꾸는 미소를 날리며
발아래 기도하는 보살들의 허리를
자근자근 밟고 계셨다

찻물 끓는 소리 들리고
달그락 찻잔 돌려 데우는 소리 들리고
십여 년 건너뛴 만남이 풀어져
고정차를 마시는 동안
침묵이 잔을 넘쳐 차반으로 흐르고
우롱차를 마시는 오랫동안

말 없는 인사가 길었다

검붉은 보이차가
맑은 몸으로 가라앉기를 여러 번
찰나, 새 한 마리 울었다
차향이 송골송골 절집 마당을 적시어
저녁 해가 기울 즈음
합장하고 돌아서는 등 뒤에
붙박인 나무 한 그루 아미타불
서성이고 있더라고

앗살라 알라이쿰

무겁기도 하지
축복의 땅 바그다드
낮은 평화의 땅이라는
그 이름

神을 버린 자들도
神이 없는 자들도
神을 삼킨 자들도

인샬라 인샬라
헐벗은 어린 천사의 신들이
가난한 자의 신들이 부자의 신들이
문명의 강물처럼 늙어온 신들이
별수도 없이 인샬라를 되뇌는
오래된 불의 땅에
미사일을 겨누고 일발 장전 중

욕심내지 말아요

더 이상 전쟁은 안 돼요

모든 이들에게

앗살라 알라이쿰!

어느날 내 땅을 위하여

나 또 이렇게 기도하지 않기를

앗살라 알라이쿰!

연대

웃자란 쑥갓꽃
뎅겅뎅겅 잘라
접시 물에 띄운다
먹지도 못할 바에

풀이 방울토마토에게
방울토마토가 고추에게
고추가 가지에게
가지가 쑥갓에게
쑥갓이 상추에게
상추가 부추에게
잎들이 잎들에게
뿌리가 뿌리에게

티 내지 않고 발밑으로
조금씩 자리를 내주면서
쥔 몰래 내통하고 있었느니

어쨌든 속수무책
죽을 수만은 없다는 듯,

오, 생이여!

모두 꿈이어라

눈 오시는 밤
지금은 없어진 어머니 친정집
앵두나무 속으로
마당 귀퉁이 감나무 속으로
웅얼웅얼 겨울 지나는 소리

눈 오시는 밤
먼 길 갔다 오시는지
웅얼웅얼 육신의 아픔을
견디는 소리

츠-륵 츠-륵
아버지 낡은 자전거 체인 소리
언덕을 내려오는, 눈 속에
아버지가 환하다
자전거 꽁무니에 매단 비닐 봉다리
어머니가 좋아하시는 대봉시 두 개

마눌님 먼저 꼭꼭 묻어주고 가야지
새하얀 거짓말이 고슬고슬 내리는 밤

끝내 먼저 가신 남편을 만나 따지시는지
꿈결에도 웅얼웅얼 제법 큰 소리 내어보시는
눈 오시는 밤

52Hz

1989년 시애틀 연안
수중음향탐지기에 들어온 낯선 소리
52Hz에서 깜박거리는 소리
아무래도 고래 같다는 전문가 의견이 실린
신문 기사를 읽는다

단 한 마리에서 나온다는 소리
주파수대가 달라 다른 개체와는 통할 수도 없는
대왕고래의 변종 아니면 유일의 고래일 거라는
베이스 악기의 튜바보다 낮은 음역대를 가진
낮고 깊은 52Hz

52Hz를 찾기 위해
펀딩이 프로젝트가 기부금이 모이고
외로운 고래 재단이 설립되었으나

겨울이면 북태평양 캘리포니아 앞바다에서

여름에는 알래스카로 이동해 산다는 52Hz를

아직 누구도 본 적이 없단다

꼭꼭 숨어라

그대, 블루 세레나데여

왕오천축국전

조건 하나, 3개월만 전시할 것
조건 둘, 60cm 이상 펼치지 말 것

모래바람에 묻혔던 오아시스
삶과 죽음을 걸고 가야만 했던 둔황
죽은 이의 뼈를 지도 삼아 오갔던 길
상인이 승려가 짐꾼이 각자의 서방정토를 발원하며 머문
돌벽에 층층이 구멍을 뚫어 만든 막고굴에는
나와 같은 여행자와 도둑질의 흔적과 파리한 흙벽만 남아
더 이상 둔황에 둔황은 없었다

700년경 신라에서 태어나
십육 세에 구법求法 여행을 떠난 혜초가
먼 인도와 중앙아시아를 돌며 기록한 책이
장경동 막고굴에서 1300년 만에 세상에 나와
중국에서 헐값에 팔려 더 먼
프랑스로 국립도서관으로 입적한

왕오천축국전이 지금 고국에서 잠시 머뭅니다

달 밝은 밤에 고향길 우러러보니
뜬 구름은 너울너울 돌아가네
그 편에 감히 편지 한 장 부쳐보지만
바람은 급해 듣지 않고 가버리네*

천년이나 달려온 그대 편지
이제 바람에 소식 실어 보냅니다

*『왕오천축국전』에 들어 있는 '오언시'(五言詩) 중에서

빙하기

한계령 초입 길 위에서 한 바퀴 돌았다
주변에 늘어서 있던 덤프트럭 기사들이
얼굴을 내밀고 웃었는지 엄지척했는지 기억이 없다

둥지 떠난 새들 콧등 위
반짝이는 얼어붙은 햇살
녹을 새도 없이 다시 눈은 내리고
삼류 영화의 마지막 신처럼
먼 동해 바다에 너를 내팽개치고 돌아와
막 숨 돌리는 청평호 언덕

내 발에 내가 걸린 거지
덥석 미끼를 물고 올라와 허공을 때리는 빙어
아, 제 몸부림으로 피 흘리는

어디선가 쩡쩡 쇠망치로 맞은
얼음이 울고 놀란 산이 울고

그 바람에 내가 얼고

주먹만 한 블랙홀 속으로

내 발에 차인 내가 빨려 들어간다

1967 연

정월 초하루 아버지는 연을 띄웠다
밤새 옥녀봉에서부터 갈퀴 같은 바람 불어
하얀 회벽 교회당 뒤 산과 산은
손깍지를 더욱 단단히 틀었다

땅따먹기 하며 던진 사금파리처럼
한적한 신평면 거산리 2구에
새끼줄에 걸린 고등어 두 손으로
방 한 칸에 부엌 두 뼘을 얻었다

아무렇게나 던진 호박씨 넌줄넌줄
맨몸으로 자란 우리는
입술 파리한 애호박을 닮아 있었다

식구를 촌村에 부린 아버지는
다시 미아리 서울사장 사진관으로 가고
남의 집 대문 기둥에 발붙이고

밤새 떠 있는 겨울 연줄처럼

얼음 박인 손들이 벌건 겨울이었다

매미

놀라워라 저 전생의 옷
적멸의 흔적

밤 사이 얼마나 몸살 했을지
지켜보지 않았으니
그저 짐작만 할 뿐

부드러운 땅속
오래된 버드나무 뿌리에 붙어
몇 년의 수행을 마치고
나무둥치 붙잡고 올라
한 자리 발톱을 꽉 박고서
온몸 흔들어 각 잡은 모양 그대로

하룻밤 사이에

어떤 내력

서모의 구박을 피해 어린 나이에
평양 일본인 공장에서 주경야독하던 어린 청년이
해방이 되고 삼팔선으로 칼자국 나기 전
야밤에 논두렁을 타고 고향으로 돌아와
동네 새치름한 처자에게 선 자리를 놓아
운 좋게 결혼을 했다
사진첩을 정리하다 들여다본
흑백사진 속 젊은 내외는 청춘이라는 것 외엔
가진 게 아무것도 없는 선남선녀였다
돈암동 산동네에서 첫 서울살이를 시작하고
서라벌예전 전속 사진사로 코코 사진관 사장으로
사진관에나 가야 사진을 찍을 수 있었던 시절
밤늦도록 사진 기술을 연구하고
'추억을 남기며' 멋지게 날려 쓴 글자를
사진에 새겨 유리 밑에 전시하던 잘나가던 시절

두 번에 걸친 동업자의 사기로

주저앉을 자리도 없어진 아버지가
쌍문동으로 들어와 게딱지만 한 집에서
손바닥만 한 집으로 옮겨 앉아
개구리 알처럼 모여 살았던 우리들은
희미하게나마 세상 밖으로 나갈 궁리들을 했다.
더러는 높이 뛰는가 했으나 제자리였고
아랫돌 빼서 윗돌 막는 살림살이가
바구니 속 아버지 점심 밥그릇처럼
자주 달그락거리곤 했다.

어쩌다 올라가본 저물녘 옥상에는
상추도 심지 않은 빈 화분이 하나둘 늘었고
미처 거두지 못한 빨래들이 밤이슬을 받을 때
그쯤이었나 살림에 손 놓은 어머니는
여러 병원을 다닌 끝에 갱년기 우울증을,
우울증 끝에는 뇌경색의 이름표를 달았다
머리 올린 자식들이 이보다 나을 것도 없는

일가를 이루고 새끼를 치고 그 새끼들이
세상 밖으로 나갈 궁리를 할 때
어머닌 와불처럼 누워 이십여 년
사는 것이 서럽다 했다 나중엔
서러움도 줄어 아기 와불이 되었고
그런 마나님 먼저 꼭꼭 묻어주고 간다던
오래오래 서럽고 고독했던 아버지가
폐에 병이 깊어 가뭇 혼수에 들고
유언도 없이 구월 구름이 되셨다

오래전에 나온 집으로 그렇게 가셨다

길

여태껏 보지 못했던
굵은 눈발, 눈발의 끝은
대책 없이 깊고 먼 밤바다

한밤중 덤프트럭이 지나며 길을 튼
위험한 시골 국도를 걸으며
한 사람은 두꺼비를 한 사람은 쥐포를 들고
번갈아 나발을 불었다
가끔 경적 소리에 놀라
길옆 눈덩이 속으로 들어갔다
다시 나오기를 여러 차례
욕설인지 집적대는 소리인지
트럭의 사내가 얼굴 잠시 내밀어
소리를 내지르고 사라지면
우리는 마주 보며 클클거렸다

멀리 붉은 불무덤이 보였다

호상인 듯 꽃불 잔치인 듯
이백 여 장은 족히 되는 연탄 불덩이
점점이 검은 구멍과 거대한 붉은 불덩이
심연의 밤하늘, 천지가 하얀 밤
장례를 준비하는 사람들의 달아오른 얼굴과
작은 소란이 불길 속에서 어룽이고

태양의 한 조각
떨어진 불덩이를 한동안 지켜보았다
지상에서 마지막으로 벌이는
생을 졸업하는 축하연이라 믿으니
보기에 좋았다

모두,
어딘가로 가는 길이었다

수상한 시절

몇 개 남은 감
밤사이 탱탱 얼어
저를 지켰다

아침 공양 온
까치 한 마리

햇살에 녹기를 기다리다
조곤조곤 졸고 있다

제
4
부
/
바
람
의

언
덕,

바
람
의

말

로드킬

이른 출근길
사선으로 밀려드는
간지러운 햇살

붉은 점 한 덩이
팔랑팔랑 빠르게 흔드는
머리와 뒷다리 그리고 꼬랑지
막 바퀴가 깔고 지나간 몸통 위로
간지럼 태우는 햇살
검은 털의 아기 고양이

놀란 나팔꽃 무리
길옆 전봇대에 튀어 올라
파리한 입 떡 벌어져
절규하는

다비장

가뭄 끝
한 차례 드문드문
비가 오셨다
덕분에 침묵이 길어졌다

삶도 죽음도 이미 아닌
법구 위에 조용히
불 지필 무렵
하늘은 입을 꼭 다물고
남은 이별이 살짝 흔들렸다

은빛 잿가루
발원인 듯 날아와 앉아
쑥부쟁이 툭툭 어깨를 털고
꽃잎 몇 개로 흔들어놓는
경계

불면

늦도록 잠이 오지 않아
좌로 굴러 우로 굴러 기를 쓰다 일어나
돋보기를 쓰고 책을 읽다가
주전자에 물을 끓인다
살면서 어느 한 대목 저렇게
부글부글 끓어올라 뜨겁던 때 있었나
거창하게 내건 선거철 백지수표와 같은 플래카드
뜯어보니 과연 질소가 과자보다 많은
그런 거였나 괜히 우울한 반성이 앞서
잠은 점점 더 정수리를 빠져나가고

한겨울, 갈참나무 가지에 기생하여
저 혼자 파릇파릇 살아내 꽃도 핀다는
겨우살이 차를 마신다
공으로 한 끼니 채워본 적 없건만
어느 한 대목 저렇게 짱짱하게
시퍼런 하늘 한복판 우뚝 서

가슴 편 적 있었는지

이 맹랑한 갱년기와 더불어
어둠 사이로 켜켜이 쳐들어오는
시간을 마신다

2014

너울 같은
꽃 사태가
바다 위에서

너희를 잃어버렸어
바다에서 잃어버렸어

잃은 게 아니야
선실 유리창 사이에 두고
서로 뚫어지게 봤잖아
한참 시간이 있었잖아

차라리 버렸다고
버린 거 아니냐고

어깨 걸고 나와봐
그럴 수 있냐고, 나와서

날 물어뜯어 봐

.

풍경

낙산사 홍련암 절간 처마에
물고기 두 마리 바람에 몸 뒤척이며
바다로 머리를 튼다
다시 돌아간 몸, 용을 쓰며 좌우당간
비릿한 바다로 머리를 튼다

사람들은 뭣도 모르고
청아한 독경 소리 같다지만
젖고 마르고 얼면서
먼지 되어 날아간 살
소리만 남아 흔들리는 뼈

법당 안과 부처상 앞과
절간 마당과
절간 올라가는 계단과
절간 저저 아래 진입로에는
각각 천차만별 등 값이 있어

곳마다 기도발이 다르다 하니
내 붙들린 이 자리는 얼마일까

물고기 두 마리 뎅겅뎅겅
몸 부딪칠 때 비로소
아 살아 있구나
가자 저 바다로 가자 우리
풍경 소리 저 먼저
바다로 간다

용래 씨의 눈

측간 가는 담벼락에
들어갈 때 보지 못했던
근심 두고 나와 비로소
느닷없이 마주한
푸른 댓잎에

상허*가 비스듬히 누어 치어다보았을
사랑방 누마루 밑으로

무등산 오월에 숨죽여 자란
춘설차 찻잔 위에

성북동 수연산방 찻집 간판 아래서
들어갈까 말까 서성이는
황수건 씨**성긴 머리칼 위로

용래 씨의 눈

여기서도 붐비다

* 소설가 이태준의 호
** 이태준의 단편 「달밤」에 나오는 인물

중도객잔

해발 2800미터
여객이 잠시 머무는 집
마당에 한 그루 매화나무
꽃그늘 등짝에 내린 노인이 비질을 한다

매화꽃 날리는 이월

산비탈 저 아래
이따금 바람 따라 낮게 쓸려가는
손바닥만 한 노란 유채꽃밭은 기억하고 있을까
풀어놓고 기르는 닭과 염소와 돼지들이 다만 심심해서
차마고도를 오가는 사람들 꽁무니를 따라 저만치 갔다가
보이지 않을 때 돌아서 제집으로 들어가는
한없이 무심하고 무심해서 때로 무서운 길

둘러싼 바위산 너머 해가 지고
구름 속으로 보름달 들어갔다 나왔다

떠꺼머리 눈 맑은 총각들이 준비한
춘절 끝 날 불꽃놀이가
이 집 저 집에서 밤늦도록 터지고
먼 데서 온 행자들 몇 옥상에 올라
이왕이면 환영 인사라 여겨 앙코르 앙코르 외칠 때
하늘 보이는 뒷간에 쭈그려 앉아
오랜만에 턱 괴고 부끄럼 없이
똥을 눈다

조 따거

좌석 뒤로 몸을 돌려 한껏 부푼 그가 말했다
저도 참 한심한 인생입니다
하얼빈에서 할머니가 다섯 살 아들을 돌보고
한국 부천에는 아내가 공장에서 일하고 있고
저는 리장에서 여행 가이드를 하고 있습니다

조 따거라 불러달라는 그는
섬세하고 성실하고 말도 많은 사람이다
같은 민족의 여자와 결혼하는 것이 어려운데
늦게나마 한민족 3세와 결혼했음을 자랑하며
리장에 사십 평 아파트도 샀다는 말에
결국 자랑질이라고 우리는 벌 떼처럼 나서서
위로와 축하를 했다

작년에 두 달간 주말마다 가이드했는데
알고 보니 황석영 작가였다는 자랑도
2년만 더 일하고 아이가 학교 갈 때는

아내가 중국으로 돌아온다며
아이 사진을 삼성 갤럭시폰에 가득 넣어 다니는
그는 카톡을 하느라 바빴다
하얼빈까지 가는 데 일주일은 걸린다며
이번 춘절도 고향에 가지 못했다고
하지만 중국의 고급 공무원 정도는 번다고
가이드가 천직이라고 말하는 그는
우리 일행과 한자리에서 밥을 한 끼도
같이하지 않았다

봄, 오마주

꽃, 노란 곱낀 한 송이로 시작되는 봄
어떤 한 마리가 시작은 했겠지
까고 보니 아찔한 수천수만의 첫 한 마리

모든 개구리가 깨지 않아도 돼
몇 개구리가 울지 않아도 돼
그 울지 않는 개구리를 생각하라 했으나 여하튼
수천수만의 첫 한 마리가 몰고 오는 거대한 봄
그 한 마리 한 마리가 봄 아닌 것도 봄으로 바꾸는

대신 울어주는 개구리
대신 깨어나는 개구리
대신 손잡아주는 개구리
대신 사죄하는 개구리
대신 죽어간 개구리
대신 분노하는 개구리
대신 물 밖에 나온 개구리

대신 굶어주는 개구리

대신 등신불처럼 지켜준 개구리

여기서 저기서 또 거기서

깨어 있고 기억하고 노래하고 춤추었기 때문에

아니 오고는 못 배길

그걸 다 기억하는 비로소

입 열리고 귀 트인 광장으로부터의

2017년 경칩으로부터의

봄

고요

똥파리 멋모르고 들어와
한 바퀴 뷔잉뷔잉 날갯짓 소리
꽃가루 알레르기 간질간질
맑은 콧물 들이켜는 소리
시험지 넘기는 소리 연필 놓는 소리
늦게 일어나 동무를 찾는
새 한 마리 삐입삐입
현사시나무 동동 텅 빈 운동장 떠다니며
즈이끼리 환호하는 소리

담장 너머 초등학교에서 간혹
들리는 호루라기 소리
절집 목탁 소리 커졌다 작아졌다
산비둘기 그윽그윽 화답하는 소리
멀리 공사장서 널빤지 내던지는 소리

북한산 자락 숲속 학교

중간고사 시험 시간 느릿느릿

안녕

솜꽃이 졌어요
병원에 도착했을 때 이미,

어미에게 맞아 죽었다구요

얼마나 아팠을까
얼마나 까마득했을까
얼마나 제 몸이 뜨거웠을까
얼마나 그만! 소리치고 싶었을까

나 이제 가요
나 안 태어난 거예요
죽어서 다시 태어나는 거예요
이번 생은 아니예요 절대
아니 이건 生도 아니었어요
세 살밖에 안 되었다고요

어쩌죠?

아직 용서를 못 배웠어요

룽다

바람의 언덕

죽은 이의
발원을 위해 세운 룽다
흰 천 위에 깨알같이
가득 써 내려간 경전

널리 멀리 퍼져나가도록
바람이 드나드는 곳
누구나 들을 수 있는
바람의 말로
쿨럭쿨럭
파르르 파르르
흩어져나가는 말씀들

개들도 저 혼자 오르내리는
탁상곰파에 오르는 험한 길

한 걸음 내딛는 자리마다

바람의 말 한 숨씩 받는다

시불시불

허리가 무릎이 아프다 한다
일을 심하게 하는 편이란다
무릎을 구부리고 하는 일이란다
부황을 떠달라고 한다
시간이 없으니 허리와 무릎을
동시에 치료하면 좋겠다 한다

그 말이 내 말처럼 잘 들렸다
커튼을 사이에 두고
날것의 인생이 거기 있었다
내 몸이 거기에도 있었다
그저 몸 바쳐 살아야 하는 게 인생이구나
허리에 침을 꽂고 엎디어
옆집 허리가 무릎이 욱신거리는 소식을
인간극장인 듯 들었다 내 몸에서도 분명
경첩 느슨한 덧문 소리가 났을 텐데
적외선 치료기를 켜주고 간 아가씨는

기어코 못 들은 체하였다.

핸드폰 바탕화면에 눈발이 나리고 있었는데

침을 꽂은 채 바라본 창밖에 눈은커녕

침통한 하늘이 시불시불하고 있었다

오늘

추적추적

잔뜩 웅크리고 가다 웅덩이에 발을 디뎠고
순식간에 양말이, 발가락까지 차가워졌고

먼 이국에서 살던 시인이
혼자 가는 먼 집으로 들어가 아주 문을 잠갔고

퇴근하는 길 자동차 보닛 뚜껑에
붉은 나뭇잎 편지 몇 점 읽고 싶지 않고
그렇다고 대신 읽어달라 불러내지도 말고
아! 옛날이여 촌스런 이름의
따끈한 멸치 국물이 끝내주는
혼밥도 부담 없는 국숫집에 들르지 말고
띠―띠―띠― 유난히 크게 들리는 번호 키의 외로운 숫자들
현관에 들어서 불 켜기 전 몇 걸음의 고요가 싫어
영화관에 가서 심야 로맨스는 보지 말고

주차장에 차를 세우고 아직 끝나지 않은
'Nature Boy'를 듣는다고 눈감지 말고

당신이 이 삶에서 배울 수 있었던
가장 위대한 일은 누군가를 그저 사랑하고
그 사람에게 사랑받는 일이라네*

이딴 서정에는 더더욱 빠지지 말고

* 영화 〈물랭루주〉의 주제곡 'Nature Boy'의 가사 일부

잡담

101동 아파트 담벼락 돌아
국철 소리 간간이 흔들고 가는
이른 아침 선선한 정자 아래

식구들 깰까
조용히 바람 쐬러 나온
단짝 두 할매

야야 그새 저래 여물었나
조금 있시몬 새색시 볼따구맹키
뻘게지겠구먼

왜 옛날 생각나요?
열두 번 꽃은 다시 펴도
인생은 다시 안 핀다우
성님

반反이슬적 세계의 힘

심원섭 • 독쿄대학 교수

1. 이슬 같은 시

강변에 눈이 내리기 시작하자 "오, 눈!" 하고 시작해서는 주야장천 술집에서 울었다는 시인 박용래. 어느 날 그는 스승 박두진을 뵙고자 상경하였다가, 늦었으니 다음 날 오라는 전화 응답에 또 하염없이 울었단다.

울보 시인 박용래, 평생 그늘진 것들을 바라보며 우는 일을 계속했던 그의 시에는 정작 울음이 없다. 눈 위에 그린 산수화처럼 짧고 명료하고 결백하다. 감정과 생각을 졸이고 졸이면 무슨 시든 영롱한 이슬만 남기고 순결해진다. 시작 생활 20년이 넘는 선생님 시인 이미경도 그런 이슬 같은 시 세계를 모델로 삼고 시작 수행을 하셨던 때가 있었던 성싶다.

풀숲에 버려진
깨진 항아리
여름내 장구벌레
버글대더니

쪽빛 하늘
구름 한 조각
단풍잎

은행잎

몇 개

들어앉은

가을

—「어머니」 전문

    낙엽처럼 모슬어져가는 부모의 일생을 아름답게 요약하는
것, 이것은 한국인이 애용해온 시적 소재임에 틀림이 없다. 그
세계를 이미경 시인은, 디테일을 졸일 수 있을 때까지 졸이고
생활의 내음을 증류시켜 투명한 이슬처럼 그려내었다. 이미경
시인의 두 번째 시집 『몇 걸음의 고요』는, 제목에서도 그런 냄
새가 풍기지만, 백석이나 정지용의 시풍과 더불어 위와 같은 박
용래적 시풍을 그녀가 쫓고 있었던 흔적을 적지 않게 보여준
다. 이런 세계가 이 시집의 한 육칠분의 일쯤을 채우고 있던가.
시를 아는 모든 이가 지향하는 그 이슬 같은 세계. 그것은 그
세계대로 아름답다.

    한편, 직장을 일찌감치 그만둔 박용래가 이슬시를 쓰던 사
십 대, 그의 전성기에, 그의 밥값과 술값과 교통비, 울음비, 그
리고 1남 4녀의 양육을 책임졌던 것은 그의 부인이었다. 밥값
과 양육비를 벌고, 사람 노릇할 때까지 삼십 년 이상 걸리기도
하는 커다란 인간들을 키워낸다는 것은 얼마나 반反이슬적인

세계인가. 약간의 성취감과 보람이라는 세계 밑에 굴욕과 분노와 욕심과 거짓과 자기기만이 소용돌이치는 것이, 생계가 포함된 일상생활 세계라는 것이다. 박용래의 이슬시는 이러한 철저한 '반'이슬적 생활 세계의 뒷받침 속에서 탄생된 것이다.

2. '반反이슬'의 세계를 시로 쓴다는 것

시인마다 본령으로 삼고 있는 시작 목표는 다르다. 그러나 통계를 내 본다면, 자신의 삶에서 예쁘고 보기 좋은 것, 혹은 교훈적이고 명분이 당당한 것을 추출해서 시로 만들어내는 것을 지향하는 시인이 압도적으로 많을 것이다. 이런 세계는 철저한 자기 검열을 필요로 하는 영역이다. 직업이나 명성 등, 시인이 사회적 눈치를 많이 보아야 하는 환경에서 사는 경우에는 더욱 그렇다. 물론 이런 작시 스타일은 이것대로 우리에게 자연스러운 일의 하나이며 또 깊은 의미도 있다.

반면 그 반대의 길을 지향하는 시인들도 있다. 자신의 문제를 감추고 미화하거나 옳은 소리만 새 차처럼 뽑는 게 아니라, 그 문제 자체를 드러내기에 목표를 두고, 지리멸렬한 일상생활 세계 자체를 좋은 시로 만들어내는 재능을 지닌 시인들도 적지 않다.

한 인간인 시인이 특별히 고결한 생명체일 수는 없다. 동경의 대상인 '고결'의 세계와, 그 반대쪽의 지저분한 일상 세계 사이에서 갈등하는 것이, 있는 그대로의 시인의 모습이다. 이 갈등의 세계를 디테일 풍부하게 성공적으로 시화하는 시인들은, 우리 인간이 어떤 존재인가를 탐구하고 그 결과를 공유하는 데 아주 큰 도움이 되는 존재들이다. 이런 시인들은 자신의 실제 인생을 제물로 바쳐가면서 인간 탐구를 계속해가는 구도자들이라고도 할 수 있다.

18년 만에 나온 이미경 시인의 두 번째 시집의 반쯤을 채우고 있는 세계는, 후자의 세계에 가깝다. 정제되지 않은 일상, 아니 정제될 수 없는 일상 세계의 갈등을 그녀가 허용하는 검열의 한도 내에서 씩씩하게 시화해나가는 선이 굵은 시 정신, 이것을 나는 이 『몇 걸음의 고요』가 거둔 최대의 시적 성과라고 보고 싶다. 본인에게 구체적인 전말을 물어본 적은 없지만, 이미경 시인은 어떤 가정사를 이렇게 속 시원히 풀어냈다.

두 번에 걸친 동업자의 사기로
주저앉을 자리가 없어진 아버지가
쌍문동으로 들어와 게딱지만한 집에서
손바닥만 한 집으로 옮겨 앉아
개구리 알처럼 모여 살았던 우리들은

희미하게나마 세상 밖으로 나갈 궁리들을 했다

(…)

그쯤이었나 살림에 손 놓은 어머니는

여러 병원을 다닌 끝에 갱년기 우울증을,

우울증 끝에는 뇌경색의 이름표를 달았다

(…)

어머닌 와불처럼 누워 이십여 년

사는 것이 서럽다 했다 나중엔

서러움도 줄어 아기 와불이 되었고

그런 마나님 꼭꼭 묻어주고 간다던

오래오래 서럽고 고독했던 아버지가

폐에 병이 깊어 가뭇 혼수에 들어

유언도 없이 구월 구름이 되었다

—「어떤 내력」 부분

이 가정사 속에는 한국 현대사의 그늘을 견뎌온 아버지가 있고 서울의 외곽에서 달그락거리며 성장하는 자녀들이 있다. 일찍 시작된 어머니의 투병 생활이 있고, 그 모친의 병수발을 오래 맡아온 딸의 노고가 있다.

쉬쉬하기 쉬운 개인적 가족사를 허심탄회하게 시로 풀어낸 것, 그것을 시의 본격적인 과제로 삼은 그 정신이 이 시집의 백

미다. 읽는 사람의 마음도 아주아주 속시원해진다. 도를 넘지 않는 생기와 발랄이 트레이드마크였던 선생님 시인 이미경, 어느덧 교직 생활을 청산하는 인생기에 다다른 이미경 시인의 시작 세계 속에, 진작에 시원하게 풀어버려야 했을 묵직한 생활세계가 떠올랐고, 그렇게 해서 펼쳐진 씩씩하고 털털하고 어여쁜 세계가 우리의 마음을 여지없이 낚아채는 것이다.

3. 꽃고무신 찾으러 가야 돼

얼마나 오니
벚꽃 지지 않을 만큼 와요

네 아버지 무덤에
잔디 싹이 돋겠구나

어머니의 밭은 독백이
새순처럼 간지럽게
젖어오는
아침

—「봄비」부분

병 수발의 시라 해도 이런 시는 아주 고급스럽다. 병중의 모친과 따님은 우아한 시적 화법의 주인공들이다. 서양 고전 영화 같은 기품이 있다. 물론 이런 어조로 이 시집이 일관되었다 하더라도 이 시집은 아름다운 병 수발 체험의 시집으로서 독자들의 뇌리에 남아 있을 수 있을 것이다. 그러나 이 시집의 정수는 다른 세계 속에 있다고 나는 보았다. 반反이슬적인 세계 속에.

집에 가야 한다 어머니 밥 차려 드려야 한다
집에 가야 한다 어머니 밥 차려 드려야 한다

보름달에 빈 소원이 무엇이오?
귀머거리 영화 언니 어머니 말 잘 들으라고 빌었지

잔병치레로 낯빛 푸른 종화와
뒷방에 숨은 귀먹은 영화 언니와
목소리 우렁우렁한 어머니와 만나는
저 세상은 꿈 속

아침잠을 깨고도 먼 곳에 그 마음 두고 와서는
한낮에나 맑은 정신으로 돌아오시는

어머니

—「백 투 더 퓨처」 부분

　현재에 완전히 몰두하며 살아갈 수 있는 인간은 없다. 대부분의 우리가 살아가는 공간은 과거 아니면 미래다. 그중에서도 과거는 아주 인기가 많다. 해결하지 못했던 과거의 어떤 것들이, 마음속에 봉인해둔 항아리 속에서 언제나 소용돌이친다. 뚜껑을 덮는 힘이 약해지면 그것이 폭발해 나온다. 그래서 인간은 현재를 살지 못하고 과거와 미래를 사는 존재라고 하는 것이다.

　치매를 앓고 있는 분들은 그 항아리를 덮는 힘과 의지가 약화된 분들이다. 그러나 그것을 꼭 닫아둘 수 있다 한들, 혹 그것이 새어 나온다 한들, 무슨 대차가 있으랴. 정상인이라 불리는 우리는 보잘것없는 욕망의 미로 속을 매일 헤매며 웃고 울다가 고독하게 숨을 거두는 길로 결국 간다. 환상 속을 헤매다 가는 것은 똑같다.

　위의 「백 투 더 퓨처」 속에는 그 항아리를 덮는 힘을 정기적으로 잃고 '환상' 속으로 나들이하는 노모가 계신다. 그리고 그 옆을 지키는 따님이 있다. 그녀는, 과거를 다시 체험 중인 노모의 마음을 헤아린다. 대화를 거들며 맞장구를 치고, 노모가 그 환상의 골목길을 돌고 돌아 한낮에야 현실로 복귀하는 그 시간을 기다린다. 정겨운 가족애의 풍경이라고 해두자.

실제는 어떨까. 시간을 자신만을 위해 쓰고 싶어하는 것은 모든 '정상인'의 본능이다. 직장인이나 전문 직종의 분들은 더욱 그렇다. 그 시간을 '비정상인'을 위해, 그것도 애정을 계속 펌프질하며 사용하기 위해서는 적지 않은 자기 안의 싸움이 필요하다. 아니 그런 병 수발이 가능하기 위해서는 특별한 인격적 자질이 필요하다고 보는 것이 옳다. 자식이라 해도 이것을 잘할 수 있는 이는 많지 않다. 이것이 현실이다.

노인전문병원이나 요양원에의 입실을 기다리는 치매성 노인들이 얼마나 많은가. 입원이 길어지면, 자녀들은 일주일에 한두 번 찾아오는 게 평균이 된다. 소화와 배설이 어려워지고 팔다리가 오그라들기 시작한 치매 노인들은, 그 5, 6인용 병실 속에 누워서, 그 옛날 잃어버린 반지나 냇물에 흘려보낸 꽃고무신을 찾으러 가야 한다고 간병인에게 떼를 쓴다. 그 간병인 일은 24시간 대기 직업이어서 한국의 중년 여성들은 취업을 꺼린다. 그 자리는 여행 비자로 한국을 오가는 중노년의 중국 동포 여성들이 채운다. 물론 그녀들 중에도 프로는 많다.

위의 시 속 따님은 모친의 '백 투 더 과거'에 익숙하다. 그 나들이의 동기와 내용도 잘 안다. 이 말은 이 따님이, 모친의 비정상적인 '일상생활'을, 정상 혹은 일상적인 것으로 받아들인 지 오래라는 것을 의미하고 있다고 보아도 좋을 것이다. 자신의 어머니 인생 전체를 애정과 아픔을 갖고 응시할 수 있는 혈육이 이 시 속에 있다. 모친의 위생을 처리하고 씻기고 말리고 잔소리하고 만류하고 칭찬하는 간병 전쟁을 치러온 이 수굿한 따님은, 밖에서는 수염자리 잡힌 학생들을 진두지휘하며 이끌어온 중학교 선생님이시다.

츠-륵 츠-륵
아버지 낡은 자전거 체인 소리
언덕을 내려오는, 눈 속에
아버지가 환하다
자전거 꽁무니에 매단 비닐 봉다리
어머니가 좋아하시는 대봉시 두 개
마눌님 먼저 꼭꼭 묻어주고 가야지
새하얀 거짓말이 고슬고슬 내리는 밤

끝내 먼저 가신 남편을 만나 따지시는지
꿈결에도 웅얼웅얼 제법 큰 소리 내어보시는
눈 오시는 밤

—「모두 꿈이어라」 부분

이렇게 아름다운 간병 시, 나는 본 적이 없다. 눈 내리는 밤,

우리 모두는 이미경 시인을 통해서 동화 같은 육친애와 가족애
의 세계 속으로 회귀한다. 이 아름다운 풍경에 무엇을 더 보태
말하랴.

> 리모컨도 조작 못 하는 그녀
> 월요일 밤 제일 좋아하는 가요무대를 본다
> 잊지 않고 내가 틀어줄 때만 본다
> 보다 갑자기 온 얼굴 우그리며 운다
>
> ―「가요무대」부분

텔레비전 정도는 편히 보실 수 있으리, 이런 환자 이미지를
갖고 계신 분이 계실지도 모른다. 사실은 전혀 그렇지 않다.
치매 환자의 특징은 텔레비전 시청에 흥미를 가질 수 없게 되어
간다는 점에 있다. 쉼 없는 인과관계로 이어지는 인생 스토리
를 이해하기 위해서는 지속적인 기억력과 판단력이 필요하다.
이것을 상실한 치매 환자들에게 드라마와 뉴스는 이미지와 음
성의 파편이 이어지는 소음 무더기에 불과하다. 정상인이나 간
병인이 텔레비전에 시선을 고정시켜두는 경우가 많기 때문에,
오히려 소외감을 부추기는 요인이 되기도 쉽다.

그래도 위 '가요무대' 속의 모친은 행복하신 편일지 모른다.
우선 따님이 잊지 않고 그 프로그램을 틀어준다. 모친을 위해

잊지 않고 매번 틀어주는 그 정성이 포인트다. 두 번째, 모친은 그 프로그램을 보시다가 무언가를 연상하고 울 수 있는 인지능력과 감정능력을 갖고 계신다. 무엇 때문에 우시는 것일까. 가사 어딘가가 과거의 고단한 삶을 연상하게 만드는 것일까. 혹은 가요무대밖에 보실 수 없는 당신의 현재를 갑자기 자각하고 우시는 것일. 이런 충격적인 간병 시, 독자 여러분은 보신 적이 있는가.

눈부신 벚꽃 그늘 아래
은백의 할머니 둘
뒤통수에서 속삭이네

'저것은 산 것이 아니여 쯧쯧
저리 사는 것은 산 목심이 아니여'

저 꽃잎처럼
훌쩍, 목숨 버리지 못할까봐
그게 두려운 거야
그게 걱정인 게지

—「저 벚꽃잎처럼 훌쩍」 부분

'이렇게 살아 뭐 하나.' 이렇게 말씀하시는 환자들이 있다. 젊은 사람 중에도 있다. 그 속내는, 부끄럽다, 하지만 계속 나를 먹여 살려다오라는 애처로운 내용의 것이다. 살아남아 욕망 충족의 행위를 지속하고자 하는 애착, 이것은 모든 생명체의 눈물 나는 본능이다.

행복이란, 자신의 우월감을 확신할 때에 수십 배 증폭되나 보다. 벚나무 밑 할머니 두 분이 누리는 상대적 행복감은 이해할 만한 것이나, 그것은 어떤 생명체에게는 무서운 폭력 행위가 되기도 한다. "산 목심이 아니여"라고 집단 린치를 가하는 할머니들에 대한 이 따님의 분노는 당연하고도 애처롭다. 우리 모두는 훌쩍 "목심"을 버릴 수 없는 존재들일 뿐이다.

> 꿈속에 소환된 외할머니는 오늘도
> 당진 분박기 늙은 감나무 밑 평상에
> 살쾡이 쫓던 긴 작대기 기대어놓고
> 빡빡 담배를 태우시며 이십 년도 넘게 앓고 있는
> 딸년을 기다리고 계신가 보다
> 제발 덕분에 잠자듯 그렇게
> 어린 딸년을 데려가시면 어떻겠냐는
> 못된 희망을 품어본다.
>
> —「못된 희망」 부분

이미경 시인이 그리는 어머니의 가족사는 고古 민화 속 세계처럼 풍요하고 재미있다. 시인 자신의 인생이, 모친 세대의 애환의 역사 속에 깊은 애정을 갖고 개입되어 있다는 증거다.

한편, 그날엔 잠자듯 가고 싶다, 가끔 이런 대화를 주고받는 부부도 있을 것이다. 30대부터 이걸 기도 제목의 일부로 삼고 있는 이도 본 적이 있다. 가만 따져보면, 이건 큰 사치다. 평생 큰 복을 지어온 이들만이 누릴 수 있는 천복의 일종이라 하기도 한다. 그러므로 위 작품 속의 '못된 희망'이 문자 그대로 못된 것일 리는 만무하다. 그러나 천복을 비는 높고 지고한 마음과, 한국의 자식이 누구나 안고 있는 '세간적인 효심' 사이의 떨리는 비파 줄 같은 갈등을 표현하는 언어로서는 유효하다.

이런 종류의 '못된 희망'을 둘러싼 갈등은, 노환을 앓는 부모를 둔 모든 자녀의 마음속에 실재하는 것이다. 물론 한국의 자녀들은 이 '못된 희망'과의 싸움 중, 대부분 '세간적인 효심'을 선택하는 방향으로 그 마음의 전쟁을 끝낸다. 그리하여 씩씩한 간병 생활의 일상으로 복귀하는 것이다. 이런 세계까지 열어 보여주는 것이 이미경 시인이다.

가족에 의한 간병이라는 것은 대단히 힘든 인생 영역이다. 노환을 앓는 당사자의 경우는 물론 두말할 필요도 없다. 효성이 깊어야 하는 한국인은 이 큰 문제들을 억압받지 않을 수 없는 환경 속에서 살아왔다고 하는 게 옳을지도 모른다. 바로 이 영역을 시인 이미경은 풍부한 디테일을 동반한 화필로 그린다. 또한 그것을 아주 서정적이면서도 발랄한 어법으로 보여준다. 그리하여 그녀가 그려낸 간병 시 속에는 그녀와 모친 간의 관계, 가족사의 문제를 넘어선 훨씬 보편적인 것, 우리 인간이 지닌 보편적인 운명과 고통과 사랑에 대한 메시지가 한껏 달그락거리고 있다. 이것이 그녀의 이번 시집 『몇 걸음의 고요』를 읽는 최대의 즐거움이다.

4. 시인의 '명당'이라는 것

교사는, 다른 종류의 직업에 비해 목가적인 직업이다. 무엇보다도 교실에서는 제왕이다. 치명적 인생 부침浮沈이 거의 없다. 그래서 교사는 학교 밖의 생활 세계에 대한 면역력이 적은 편이다. 그래서 이 직업군은 퇴직 후에 상가에 투자해서는 안 된다고 하는 것이다.

그 이미경 시인이 이제 퇴직한다. 다른 분들이라면 어딘가 일주 여행 같은 것이나, 곱고 어여쁘고 나르시시즘적인 자화상 시집 같은 것의 출판을 기획하실 때에, 이미경 시인은 이슬적 시가 아닌 반이슬적 생활시편, 생활의 피가 아직 덜 씻긴 칼날 같은 시집을 내어놓았다. 이것이 그녀의 일상생활과 시작 생활의 교차선상에서 나온 자연스러운 귀결이라는, 사실이 경사스럽다. 시작 생활의 차원 자체를 높이는 데 성공한, 그 새로운 인생문을 여는 작업을 퇴임 기념 시집으로 대신한 그 운명이 몹시 부럽다.

평생의 직업을 내려놓은 이미경 시인을 기다리는 것은, 본인의 바람대로 '명당'이어도 좋겠다. 하지만 그 명당은, 이 시집 속에서 보여준 바같이, 인생을 더욱더 진하게 바라보면서 자신과 독자의 인생 공부를 진작시켜 가는, 그런 수행의 암자로서의 명당도 되었으면 좋겠다. 우리 모두에게 남은 시간은 많지 않다.

몇 걸음의 고요

초판 1쇄 발행 • 2019년 2월 27일

지은이 • 이미경
펴낸이 • 황규관

펴낸곳 • 도서출판 삶창
출판등록 • 2010년 11월 30일 제2010-000168호
주소 • 04149 서울시 마포구 대흥로 84-6, 302호
전화 • 02-848-3097
팩스 • 02-848-3094

디자인 • 정하연
인쇄 • 신화코아퍼레이션
제책 • 국일문화사

ⓒ 이미경, 2019
ISBN 978-89-6655-107-1 03810

＊이 책 내용의 전부 또는 일부를 재사용하려면
  반드시 지은이와 삶창 양측의 동의를 받아야 합니다.
＊책값은 뒤표지에 표시되어 있습니다.